DEVELEY

SCÈNES ET TABLEAUX

POËMES

PARIS

JULES TARDIEU, ÉDITEUR

RUE DE TOURNON, 13

1858

SCÈNES ET TABLEAUX

POËMES

Paris. — Imprimerie Walder, rue Bonaparte, 44.

SCÈNES ET TABLEAUX

POEMES

PAR

J. DEVELEY

PARIS

JULES TARDIEU, ÉDITEUR

RUE DE TOURNON, 13

1858

SCÈNES ET TABLEAUX

LA PENSÉE ET LA PRIÈRE.

A M. DARDENNE DE LA GRANGERIE.

L'âme que le malheur a rudement blessée
Se plaît à méditer et chérit la pensée.
Elle y cherche un abri contre ce noir tourment
Que laisse dans nos cœurs le découragement.
Vous le savez, ami! la pensée a des ailes,
Et d'un bond elle vole aux voûtes éternelles.

S'élançant par delà les siècles et les lieux,

Elle juge l'histoire et devine les cieux. —

Par elle quelquefois, de puissantes idées,

Qui dormaient dans l'oubli, revivent fécondées.

L'écrivain fait un livre et le peintre un tableau,

Où, ce qu'ils ont rêvé, palpite jeune et beau !

Le rêve prend un corps, et chaque belle image

Brille éternellement sur la toile ou la page.

— Voilà, certe, un triomphe à tenter les esprits :

Aussi, tous les grands cœurs en sont vraiment épris !

Pour moi, si je me plais à feuilleter l'histoire,

Ce n'est pas pour laisser de moi quelque mémoire,

Mais afin d'échapper à ce mortel ennui

Qu'un cœur désabusé partout traîne avec lui ! —

Dernièrement, ami, brisé par la souffrance,

Croyant aux pieds de Dieu retrouver l'espérance,

J'entrai dans une église. — Hélas ! comme autrefois,

Je me mis à genoux... mais je restai sans voix.

Ma douleur ne trouvait pas même une prière !

J'avais tout oublié... des pleurs de ma paupière

Jaillissaient cependant ! Je trouvais des sanglots,

Mais ma voix pour prier cherchait en vain des mots.

Je restai quelque temps à genoux sur la dalle,

Et me levai. — J'errai dans cette cathédrale,

Antique monument de croyance et de foi,

Et de graves pensers s'éveillèrent en moi. —

Bientôt, je m'oubliai dans ce pieux silence

Qui laisse à l'infini monter l'intelligence ;

Ma douleur disparut, et mon cœur agité

Retrouva je ne sais quelle tranquillité,

Que jusqu'alors, hélas ! il n'avait point connue. —

Tel en un jour d'hiver, perçant soudain la nue,

Un rayon de soleil vient dorer l'horizon.

Je me sentais renaître ; et ma pauvre raison,

Que depuis si longtemps une ardente pensée
Sous son genou puissant retenait terrassée,
Libre de ses liens et lasse de souffrir,
Sous le regard de Dieu se sentait rajeunir !

La vieille basilique était tranquille et sombre.
Déjà la vaste nef disparaissait dans l'ombre ;
J'étais seul... Je me pris à songer à ces jours ,
Les premiers, les plus beaux, ceux qu'on pleure toujours !
Mon passé se dressa devant moi. — Ma mémoire
De mes jours écoulés me retraça l'histoire.
Angoisses de pensée et tortures de cœur...
Tout ce que le destin, dans son âpre rigueur,
Me fit souffrir dix ans, en ce moment suprême,
Semble peser sur moi, comme un sombre anathème !
Et j'entendis des voix qui me criaient : « Malheur ! »

Je pleurai... mais bientôt, refoulant ma douleur,

Je tombai pour prier, à genoux sur la pierre.

Ah ! sans doute, le ciel accueillit·ma prière ;

Car après, en sortant consolé, je disais : —

« Penser nous fait souffrir, mais prier rend la paix. »

Oui, penser nous torture et prier nous console !

Bien à plaindre, celui qui se fait une idole

De la pensée ! — il lutte avec un fort géant :

Et parfois, s'il triomphe, il connaît le néant

De sa victoire !.. il lutte, il triomphe, il retombe...

Et c'est ainsi qu'il vit et qu'il marche à la tombe !

Sa vie est un supplice ou plutôt un enfer...

Car la pensée, ainsi qu'un horrible cancer,

Torture sa raison et lui ronge le foie !

C'est en désespéré qu'il marche dans sa voie.

Enfant de Prométhée, il lutte avec un Dieu

Qui ne pardonne pas. — Qu'il dise donc adieu

Aux plaisirs de la terre, aux affections pures,

Qui guérissent souvent de profondes blessures.

1.

Pour lui plus de bonheur ! il ne s'appartient pas.

Sa vie est dévouée à d'incessants combats.

Combats sans paix ni trêve, où rare est la victoire !

Où vainqueurs et vaincus parfois tombent sans gloire !

Prions plutôt, prions ! la prière guérit...

Elle emporte vers Dieu notre âme et notre esprit.

Elle est le pain des forts ! C'est la source sacrée,

D'où l'âme sort toujours calme et régénérée ! —

MORT DE RAPHAEL D'URBIN.

A M. J.-B. BEAUDIN.

I.

Au pied du Vatican, dans un palais de Rome,
Étendu sur un lit, un pâle et beau jeune homme,
Les yeux levés au ciel, sentait venir la mort. —
Il paraissait mourir sans douleur, sans effort.
On eût dit qu'au moment de sortir de la vie,
Il n'abandonnait rien qui fût digne d'envie.

Ni larmes ni regrets ne voilaient ses beaux yeux.

Aux amis qui venaient recevoir ses adieux,

Il tendait sa main froide… et, par un doux sourire,

S'efforçait d'exprimer ce qu'il ne pouvait dire.

— Muets et désolés, ils se retiraient tous.

Près de lui, cependant, une femme à genoux

Se tordait… puis, c'étaient des baisers et des larmes !

Un profond désespoir avait terni ses charmes :

Mais n'importe, elle était belle dans son transport!…

Elle implorait le ciel… puis, mandissant le sort,

Elle semblait mêler la prière au blasphème.

Parfois aussi, parfois, s'accusant elle-même,

Elle courbait la tête et se frappait le sein.

Le mourant souriait, et, lui tendant la main,

Radieux dans son calme et dans son agonie,

Lui jetait un regard de tendresse infinie ! —

On eût dit qu'il quittait la terre pour le ciel.

Ce jeune homme, c'était le peintre Raphaël !

Et la femme à genoux, se frappant la poitrine,
Tout Rome le savait : — c'était la Fornarine!

Oui, c'était Raphaël, c'était lui qui mourait
Tué par son amour... et la femme pleurait !

II

On entre : — Qui s'avance? Un élève peut-être,
Qui vient faire à son tour ses adieux à son maître.
Non, non, c'est un vieillard ! Il s'approche à pas lents;
Il s'arrête. — Son front, voilé de cheveux blancs,
Ridé profondément par de fortes pensées,
Était splendide à voir ! — Ses paupières baissées
Voilaient de temps en temps l'éclat de ses regards.

Raphaël regardait avec des yeux hagards.
« Lui, lui! » murmurait-il.

« Oui, moi, moi, Michel-Ange!

« S'écria le vieillard : — Trouves-tu donc étrange

« Que je vienne te voir pour la dernière fois?

« Me croyais-tu jaloux? »

Au son de cette voix,

La Fornarine avait courbé plus bas la tête.

Michel-Ange reprit :

« Cette femme est muette

« Maintenant! elle pleure.,. ô Raphaël! pourquoi

« Ne pas avoir placé ta confiance en moi?...

« Je t'aurais soutenu. D'une main ferme et sûre,

« Oui, j'aurais su guider ta trop faible nature.

« Je t'aurais enseigné cette sublime ardeur

« Qui, mieux que le génie, aide à notre grandeur!

« Cet amour de notre art, qui règne solitaire,

« Dans un cœur dédaigneux des choses de la terre ;

« Et qui fait triompher de toute passion..

« L'artiste doit savoir remplir sa mission.

« As-tu rempli la tienne ?— Oh non, car dans ton âme,

« Bien au-dessus de l'art tu plaças cette femme...

« Et c'est par elle enfin, que tu meurs aujourd'hui !

« Va, si tu n'avais pas dédaigné mon appui,

« Si tu l'avais voulu ? crois-moi, ma seule envie

« Eût été de veiller sur ta gloire et ta vie !

« Vieillard, j'aurais voulu me voir revivre en toi,

« Et mourir satisfait, te laissant après moi !

« Je t'eusse mis au cœur un peu de mon courage,

« Et Raphaël aurait achevé son ouvrage !

« Mais non, tu me croyais jaloux de tes travaux,

« Et le plus envieux de tes nombreux rivaux ! »

III

Le mourant retrouvait sa force... et son génie,

Par un suprême effort, domptait son agonie.

Son regard s'animait ; aux accents du vieillard,

Il oubliait la femme et songeait à son art !

On voyait resplendir son pâle et beau visage.

« Avoir tant de génie et mourir à çet âge !... »
Murmurait Michel-Ange. — Il s'essuya les yeux,
Et sembla du regard interroger les cieux.

« Mais quel est ce tableau recouvert d'un long voile ? »
S'écria-t-il soudain. Et, montrant une toile
Pendue à la muraille, il approcha d'un pas. —
Raphaël fit un geste.

                    « Oh ! ne regardez pas !... »
Dit-il, courbant la tête ; « elle est inachevée ! »

« Cette humiliation te serait réservée ?...
« Que dirait l'avenir ? — Non, non, je la verrai !
Et, si tu le permets, je la terminerai ! —
« Tu me connais, tu sais de quel nom on me nomme ? »

Et d'un geste rapide écartant le jeune homme,

Il fit tomber le voile. — Un cri d'étonnement
Ou d'admiration suivit ce mouvement.
A ce cri, Raphaël, surmontant sa faiblesse,
Se trouva près de lui.

                      « Crois-tu que je la laisse
« Inachevée? Oh non, grâces à toi, vieillard !
« L'artiste se relève et regrette son art.
« Ta parole a rendu le courage à mon âme...
« Oui, si je revivais, je fuirais cette femme !
« Mes pinceaux, ma palette ! oh ! je l'achèverai...
« Laisse-moi, je suis fort ! je sens que je pourrai. »

Et l'œil étincelant, d'une main prompte et sûre,
Il acheva d'un trait la divine figure
Qui, depuis, fait encor notre admiration.

Ce tableau se nommait : Transfiguration ! —

IV

Son œuvre était finie : aussi le Christ sans voile
Brillait transfiguré sur la sublime toile.
Michel-Ange, à genoux, des larmes dans les yeux,
Contemplait Raphaël qui, calme et radieux,
Les yeux fixés sur lui, paraissait lui sourire,
Quant à la Fornarine, elle était en délire.
La honte et le remords se disputaient son cœur.
De l'amour, cette fois, l'art était le vainqueur !
L'artiste, en expirant, la maudissait peut-être...
Entre elle, son amante, et le vieillard, son maître,
Avait-il un instant seulement balancé ?
De ce profond dédain son cœur était blessé. —
Elle se releva belle de tous ses charmes.
La fureur ou l'orgueil avait séché ses larmes.
Michel-Ange pleurait...

                        — Va-t'en, il est à moi !...

Lui dit-elle.

— C'est juste... Oui, cet homme est à toi.

A toi ce corps sans vie, à Dieu toute son âme !...

Il dit : et son regard foudroya cette femme...

L'AIGLON.

A MADAME DE NAVERY.

Lorsque le jeune aiglon s'élance de son aire,

Il retombe sans force et rampe sur la terre.

Il tente, mais en vain, de prendre son essor;

Son aile le trahit : elle est trop faible encor.

Il se résigne... il sent que bientôt, dans l'espace,

Des aigles il suivra l'audacieuse trace.

Des reptiles impurs se traînent sur ses pas ;

Mais fier, il les dédaigne ou ne les entend pas.

Quelquefois cependant, il agite ses ailes,

Et l'on voit des éclairs luire dans ses prunelles.

De vils oiseaux de proie, en s'élançant du sol,

Semblent le défier d'oser prendre son vol :

Il attend... car pour lui l'heure n'est point venue !

D'un œil indifférent il les suit dans la nue.

Le jour est arrivé. — Majestueux et fier,

Il se soulève enfin, lui, qui rampait hier !

Il part, en dédaignant tous ces impurs reptiles,

Qui raillèrent longtemps ses efforts inutiles,

Et va jusqu'au soleil, dont ses regards puissants

Peuvent seuls supporter les feux éblouissants. —

Vous, dont l'ambition convoite un rang sublime,

Vous, qui brûlez d'atteindre à quelque haute cime,

Attendez en silence... et laissez, sans courroux,

Les jaloux et les sots hurler autour de vous !

UN BUSTE ET UN ENFANT.

A MADAME NARCISSE COTTE.

Hier, je contemplais un sculpteur, mon ami,

Travaillant à côté de son fils endormi.

Il modelait un buste; et sous sa main fébrile

On voyait s'animer et palpiter l'argile.

Tout entier à son œuvre, il ne me voyait pas.

Son œil étincelait, il se parlait tout bas...

Chose étrange ! on eût dit que la terre elle-même
Comprenait par moments ce langage suprême :
Car elle prenait forme et gardait fièrement
L'empreinte d'une idée ou d'un grand sentiment.

Le buste s'élançait superbe... Sur sa lèvre
L'artiste avait jeté sa pensée ou sa fièvre.
Elle restait muette, il est vrai ; mais parfois
Je me penchais moi-même afin d'ouïr sa voix.
Je la sollicitais du regard et de l'âme...
Nous n'avions que la forme : à Dieu restait la flamme !

Mon ami s'arrêta. — Triste et silencieux,
Il essuya son front, et peut-être ses yeux...
Car, pour le grand artiste , hélas ! quelle torture
Que de se voir toujours vaincu par la nature.
C'est un tourment profond dont rien ne le défend !

Je lui tendis la main, et lui montrai l'enfant,

Qui sommeillait toujours. — Sa lèvre demi-close
Semblait balbutier. Sur son front blanc et rose
Ni souci ni pensée ! On voyait ses bras nus
S'étendre pour saisir des amis inconnus,
Des anges qu'il voyait sans doute dans ses songes !

« La gloire et l'art, lui dis-je, hélas ! sont des mensonges.
« L'un nous trahit, souvent l'autre nous trompe encor.
« Votre âme est trop ardente ; arrêtez son essor.—
« Ignorez-vous que l'homme, en tentant l'impossible,
« Se prépare lui-même une angoisse indicible ?
« Qu'un ange impitoyable, à la verge de fer,
« Le force à redescendre au fond de son enfer ?
« Et qu'il fut condamné, pour je ne sais quel crime,
« A poursuivre sans cesse un idéal sublime ?
« Il ne doit pas l'atteindre.—Arrêté dans son vol,
« Comme Icare, il viendra se briser sur le sol !

« Je le sais, me dit-il avec un doux sourire ;

« Mais l'artiste peut-il maîtriser son délire ?...

« Comme un vaillant soldat, dans un rude combat,

« Succombe en maudissant l'ennemi qui l'abat ;

« Souvent nous blasphémons ce pouvoir invincible

« Qui se fait un orgueil de rester insensible ;

« Il nous perce le sein d'un trait empoisonné,

« Et fuit en nous laissant rugir comme un damné ! »

L'enfant se réveilla. — Non, jamais plus bel ange

Ne descendit du ciel pour fouler notre fange ! —

Comme dans son sommeil il souriait encor.

Le réveil n'avait pas rompu ses rêves d'or.

On voyait dans ses yeux déjà luire une flamme.

« Qu'il ignore à jamais les angoisses de l'âme ! »

S'écria le sculpteur ; et sanglotant, hélas !

Il pressa bien longtemps son enfant dans ses bras.

UN TABLEAU A L'EXPOSITION DE 1855.

A M. INGRES.

I

Dans ce palais, bazar splendide, où l'univers
Étale avec orgueil ses chefs-d'œuvre divers,
Dans ce temple des arts et de chaque industrie
Un jour, sorti de terre, ainsi qu'une féerie ;
Le monde émerveillé se pressait tous les jours
Et, sans se fatiguer, y revenait toujours. —

On ne se lassait point d'admirer. — Ce spectacle
Éblouissait les yeux et tenait du miracle.

Après avoir partout longtemps roulé ses flots,
La foule s'arrêtait en face des tableaux...
Tableaux ! où le génie avait mis son empreinte.
Ici l'on s'arrêtait. — Las d'errer dans l'enceinte,
On respirait à l'aise, on admirait encor :
Car là, chaque grand peintre avait mis son trésor ;
L'œuvre chère à son cœur, sa passion d'artiste !
La foule s'arrêtait rêveuse, presque triste.
C'est qu'elle avait.changé de pensée et d'aspect.—
Un sentiment étrange ou plutôt le respect
La rendait tout à coup tranquille et sérieuse.
Non, non, ce n'était plus la foule curieuse,
Se pressant follement et courant au hasard,
Admirer à grands cris quelque merveille d'art ;
Puis, s'éloignant bientôt oublieuse et pressée : —
Non, mais un grand respect saisissait sa pensée
Et son âme à la fois ! —

> Des drames bien connus
> S'agitaient devant elle étincelants et nus.
> Ces drames semblaient vivre, et dans chaque mémoire
> Gravaient profondément une page d'histoire.
> —Un tableau cependant attirait tous les yeux.
> Parmi tant de chefs-d'œuvre assemblés en ces lieux,
> Il était le premier par sa haute éloquence ;
> Et chacun l'admirait dans un pieux silence.
> C'est qu'il parlait à tous un langage divin.
> Quand on le regardait, ce n'était pas en vain !
> Il fascinait les yeux, et, ravissant chaque âme,
> L'emportait dans le ciel sur des ailes de flamme.
> L'indifférent lui-même, en passant devant lui,
> S'arrêtait tout à coup et restait ébloui...
> Le sceptique railleur daignait même comprendre
> Le sens religieux qu'il lui faisait entendre. —

Ce tableau racontait en trait cornélien

Le supplice et la mort de saint Symphorien !

2.

Martyr, mort pour sa foi, dans la ville Éduenne,
Qu'asservissait alors la nation romaine. —

II

C'était le temps où Rome, à bout de grands exploits,
Sentait crouler sur elle et ses dieux et ses lois.
C'était l'heure suprême, où ses fastes célèbres
Allaient s'ensevelir dans d'épaisses ténèbres !
L'heure sombre qui sonne à toute nation,
Quand se lève le jour de sa destruction. —
Cette heure avait sonné pour Rome; et son génie
Semblait se redresser dans sa rude agonie.
Elle ne voulait pas mourir... Son grand effort
Cherchait à triompher ou du ciel ou du sort !
Elle chercha longtemps quel était autour d'elle
L'ennemi qui sapait sa puissance éternelle.
Mais elle ne vit rien; car vaincus et domptés,

Les peuples à genoux suivaient ses volontés. —
C'est alors que cherchant au dedans d'elle-même,
Elle vit les chrétiens !... Dès lors, sous l'anathème
Il leur fallut courber la tête, puis mourir !
Mourir de cette mort qui faisait un martyr
De tout supplicié ! mort si belle et si grande,
Que souvent le chrétien lui-même la demande !
Mort qui jetait l'effroi dans le cœur des bourreaux
Étonnés et vaincus par ces divins héros !
Car le supplicié, souriant aux injures,
Calme et grand, triomphait des plus rudes tortures.
Et lorsque les bourreaux se relayaient entre eux,
Pour en finir plus vite : — à tous ces malheureux,
Épouvantés, saisis d'une terreur profonde,
Toujours fidèle au Christ, au Christ mort pour le monde !
Il offrait un pardon qu'il demandait à Dieu...
Puis, dans un doux sourire il leur disait adieu !

.   .   .   .

.   .   .   .

.   .   .   .

III

Mais Rome agonisait. — La puissance divine
Avait marqué sa fin, et sa grande ruine
Se hâtait lentement. — En vain, son désespoir
Cherchait à ranimer sa force et son pouvoir;
Son empire croulait aux deux bouts de la terre !
En vain sur les chrétiens s'acharnait sa colère :
Plus nombreux que jamais, sans orgueil, sans effort,
Ils confessaient le Christ et recevaient la mort.

C'est dans ce temps, qu'aux yeux de la ville Éduenne
Mourut Symphorien. — Sainte et sublime scène !
Qui revit aujourd'hui dans ce puissant tableau.

O peintre ! quelle main a guidé ton pinceau?
Pour retracer ainsi ce divin sacrifice,
As-tu vu le martyr s'élancer au supplice? —

Où donc as-tu trouvé ces gestes et ces cris

Qui glacent de terreur les bourreaux interdits ?

Dans un rêve aurais-tu vu passer ce cortége ? —

Regardez, regardez ! — La foule sacrilége

Entoure le chrétien et l'insulte... Mais lui !

Élevant vers le ciel son regard ébloui,

Voit son Dieu lui sourire et lui marquer sa place.

Déjà pour ses bourreaux il lui demande grâce ;

Car il veut leur laisser son pardon en mourant.

—Voyez comme il se hâte et comme il semble grand !

Comme au-dessus de tous il élève la tête...

C'est que le ciel l'attend, c'est que sa palme est prête !

Ne le dirait-on pas à moitié dans les cieux ? —

Mais du haut des remparts qui donc le suit des yeux ?

Qui l'appelle et lui parle ? — Il s'arrête, il écoute.

Il consent cette fois à s'arrêter en route...

Car cette voix lui dit :

« Sache mourir, mon fils !
« Va, ne crains point la mort, va, le ciel t'est promis.»

Par un geste, un seul geste, il répond à sa mère
Qui lui montre le ciel. —Sans orgueil, sans colère,
Il dit au peuple : « Allons! » Au sommet du rempart,
Pour la dernière fois, il jette un long regard...
Regard plus éloquent que sa mort elle-même !
Regard rempli d'adieux à cette heure suprême...
D'adieux pour cette terre et surtout pour les siens !
De pardon, de pitié pour ses concitoyens
Bientôt ses meurtriers ! — Admirez la tendresse
De ce dernier regard... puis, voyez l'allégresse
De sa mère ! — On dirait, en voyant son transport,
Que plus que sa naissance elle bénit sa mort !
Sa mort, qui fait sa gloire et se nomme martyre.

Elle le suit des yeux avec un fier sourire ;
Puis, lorsqu'il se retourne au détour du chemin,
Une dernière fois, elle lève la main

Et lui montre le ciel ! — Mais son âme était forte.

Le chrétien sait mourir sans que nul ne l'exhorte. —

IV

Des siècles ont passé. L'univers a marché

En avant.—Le vieux monde en son tombeau couché,

A grand'peine aujourd'hui retrouverait sa trace. —

Que nous sommes déchus de cette forte race !

Si de nouveaux bûchers se dressaient parmi nous,

Bien peu sauraient mourir comme ils le faisaient tous.

Le Christ au Golgotha resterait seul peut-être...

Oui, oui, l'on oublîrait la voix du divin Maître,

Sa croix, son agonie et tout ce grand passé ,

Sans le prêtre chrétien à ses autels laissé ! —

Car c'est lui seul qui prie au fond des basiliques,

Qui fait revivre encor ces lois évangéliques :

Et qui, toujours fidèle au Christ persécuté,

Nous parlera toujours de foi, de charité ! —

N'importe ; il est passé le temps des sacrifices...

Et la foi s'est perdue au milieu de nos vices !

Quel cœur vous connaîtrait, sublimes repentirs,

Qui faisiez en un jour des saints ou des martyrs ?

Le chemin des plaisirs reste le seul à suivre.

Pour jouir quelques jours on est heureux de vivre !

Mais si de temps en temps, on se souvient des cieux,

Si quelque saint tableau resplendit à nos yeux,

Le respect nous saisit... notre âme terrassée,

Qu'assiége tout à coup une haute pensée,

Reconnaît un pouvoir mystérieux, divin,

Qu'on voudrait oublier et fuir... mais c'est en vain !

Ici-bas ou là-haut, l'éternelle puissance

Nous saisit et devient l'éternelle vengeance !

CONSEIL.

A M. ÉMILE THOMAS.

Vous, dont l'ambition vise à de hauts sommets,
Écoutez ce conseil : — Ne l'oubliez jamais.

Restez pauvre, toujours, s'il faut par des bassesses
Acquérir des honneurs ou de viles richesses !
Restez faible, s'il faut, pour trouver un appui,
Vous mettre bassement au service d'autrui.

Sachez qu'on ne vend pas sa plume ou sa parole,
Que l'inflexible honneur doit être notre idole,
Et qu'il vaut mieux garder sa fière pauvreté
Que d'avoir à rougir de quelque lâcheté !
N'ayez que Dieu pour but... et, quoi qu'il vous envoie,
Sans murmure, suivez toujours la droite voie.
Ne chancelez jamais. Le plus fort est perdu,
Dès qu'il ose une fois douter de sa vertu.
Le vrai, le bien, le beau, voilà vos seuls oracles !
Avec eux, le plus faible opère des miracles...
Et par moments, sa voix trouve de tels accents,
Qu'elle jette l'effroi dans le cœur des puissants !

Pratiquez ces conseils... et, quoi qu'il vous arrive,
Faites qu'en vous ce soit l'honneur seul qui survive !
Puis, quand viendra la mort, si vous avez vécu
Toujours digne de vous , ou vainqueur ou vaincu,
Mourez en rendant grâce à Dieu ! — Si belle vie
Doit être le seul but de toute noble envie.

L'OZÈRE.

A M. JULES BOZELLI.

Connaissez-vous L'Ozère? un village, un hameau...

Sans doute, il n'est pas grand, mais le site en est beau!

Puis, c'est près de Paris.—Voyez cette vallée

Que par ces deux coteaux on dirait étranglée.

Une rivière y passe... et le bruit de ses eaux

Est si faible, qu'à peine il trouble les échos.

Un moulin cependant s'élève sur sa rive.

Son tic-tac éternel qui jusqu'à vous arrive

Sur l'aile de la brise, éveille dans l'esprit

La méditation qui console et guérit.

Le sol en est fertile; et la riche nature

De ses plus belles fleurs lui fait une parure.

Non, je n'ai jamais vu, sous un ciel plus clément,

Dans un petit espace un site aussi charmant !

On dirait, et je crois, que ce doux paysage

Fut créé pour servir d'asile à quelque sage.

Sur la colline, à gauche, une blanche maison

Domine sans orgueil le modeste horizon.

Des arbres étrangers la couvrent de leur ombre.

Comme un astre qui luit au milieu d'un ciel sombre,

Du fond de la vallée on la voit resplendir

A travers les sapins orgueilleux de grandir.

Elle est silencieuse... et le passant, peut-être,

La croit abandonnée ou veuve de son maître :

Mais s'il regardait bien parfois, il pourrait voir

Ses vitraux s'éclairer lorsque descend le soir.

Elle n'est point déserte ! et son chaste silence,
Cet emblème certain de paix et d'innocence,
Annonce une retraite où doit rêver souvent
Quelque sage modeste ou quelque grand savant !

Regardez : — Voyez-vous, dans cette verte allée,
Où la lumière arrive indécise et voilée,
Cet homme encor robuste, au front calme et penché ?
A voir son regard d'aigle à la terre attaché,
Vous devez reconnaître un penseur. Que d'idées
Germèrent dans sa tête et furent fécondées !
Il marche d'un pas lent ; et s'arrête parfois,
Comme pour écouter un murmure, une voix...
La voix de sa jeunesse ou des amis sans doute,
Qu'il perdit tour à tour durant sa longue route.
Voyez comme ses yeux sont éloquents et doux !
Ils vous feront rêver en s'arrêtant sur vous :
Car le ciel a voulu qu'un rayon de sa flamme
Prouvât par nos regards les vertus de notre âme !

Cet homme est un savant ! — Chacun, à son aspect,

Se sent troublé, saisi par un profond respect.

Son front chauve et serein atteste que l'étude

L'a toujours poursuivi de son inquiétude.

Il vécut pour savoir et pour faire le bien !

Si par l'intelligence on est grand citoyen,

Quel nom donnerez-vous à celui dont la vie

Désarma les méchants et fit taire l'envie ?

A l'homme qui tendit sa généreuse main

A tous les malheureux qu'il trouvait en chemin ?

O toi ! blanche maison ! toi, qui l'aimes peut-être ?

Reste silencieuse... et que toujours ton maître

Garde en lui cette paix qui fait le doux sommeil !

Et vous, oiseaux ! chantez... afin qu'à son réveil,

Votre voix lui promette une belle journée.

Beaux arbres, qu'il planta, sur sa tête inclinée,

Répandez la fraîcheur qui ranime l'esprit !

Vous, sublimes pensers, dont son cœur se nourrit,

Fortifiez en lui votre voix généreuse...

Et toi, ciel ! donne au sage une vieillesse heureuse !

LES CORIOLANS.

A M. DE PONGERVILLE, MEMBRE DE L'ACADÉMIE FRANÇAISE.

Coriolan, vaincu par la haine et l'envie,

Quitta Rome, en jurant qu'il emploîrait sa vie

A se venger du peuple et du sénat romain.

Il ne ressentait pas ce vigoureux dédain

Qui saisit un grand cœur devant un grand outrage,

Et fait que de se taire on trouve le courage.

Il n'avait point sur lui ce sublime pouvoir.

3.

Furieux dans sa haine et dans son désespoir,

Il partit; il alla tendre une main amie

Aux ennemis de Rome ; et, dans sa rage impie,

Leur mit en mains le fer qui devait le venger !

Il parut devant Rome. — En face du danger,

Le peuple et le sénat, fidèles à leurs tâches,

Après leur injustice osèrent être lâches !...

Pour désarmer sa main et fléchir son courroux,

Ils vinrent, sans rougir, embrasser ses genoux.

Il les renvoya tous. — Seule, sa vieille mère

Sut trouver des accents pour fléchir sa colère.

Devant elle il baissa son épée et son front.

Mais comme il n'espérait pas oublier l'affront,

Il partit, sans vouloir reparaître dans Rome ,

Qui, de cette façon, traita plus d'un grand homme !

Lui ressemblent souvent, et se vengent ainsi,

Bien des grands citoyens qu'on méconnaît aussi !

Mais eux, au lieu d'un glaive, ils tiennent une plume.

Nouveaux Coriolans, la haine les consume !

Ils songent à détruire au lieu de protéger ;

Car ils ont, comme lui, quelque affront à venger !

L'affront qu'on fait toujours à celui qu'on dédaigne.

Tout homme méconnu veut au moins qu'on le craigne.

Comme Coriolan, il voudrait renverser

La Rome dans laquelle il n'a pu se placer !

Il ne pardonne point. — Plus à craindre qu'un glaive,

Sa plume, qui combat sans repos et sans trêve,

Presque toujours triomphe... et bien des monuments

S'écroulent, renversés jusqu'en leurs fondements !

A travers nos débris on peut suivre leur trace,

Et juger à quel point s'éleva leur audace.

Oui, la force étouffée est terrible !... elle attend,

Se prépare en silence un réveil éclatant...

Et, quel que soit son but, elle saura l'atteindre.

Plus elle se concentre, et plus elle est à craindre.

Son calme fait sa force. — Elle suit son chemin

Sans faiblir... car elle est sûre du lendemain.

Mais plus puissant qu'eux tous, surtout plus magnanime !

Celui qui, retranché dans son orgueil sublime,

Se venge du mépris par un plus grand mépris;...

Et dont la main pieuse, assemblant les débris

De ce qui chaque jour autour de lui s'écroule,

Fait le bien et n'attend jamais rien de la foule !

Écrivain ou soldat, à l'heure du danger,

C'est en nous délivrant qu'il saurait se venger !

Château d'Arey. 1856.

UN TABLEAU DE SALVATOR ROSA.

A MADAME PERRIÈRE PILTÉ.

Le soleil est brûlant, Naples sommeille encor :

Seul, dans son atelier, le peintre Salvator,

Les bras nus, l'œil en feu, travaille, quand la ville,

Sans force et sans pensée, à midi dort tranquille.

Il se hâte ; on dirait qu'avant la fin du jour,

Il veut finir son œuvre et dormir à son tour :

Car l'inspiration le brûle de sa fièvre.

L'ivresse et la fierté font frissonner sa lèvre.

Il peint de cœur et d'âme : et, sans jamais trembler,

Le pinceau, dans ses doigts, court et semble voler.

Chaque coup trace un point, et, déchirant un voile,

Semble donner la vie à l'insensible toile.

Par moments, il s'arrête ; et devant le tableau

Se dressant radieux, il s'écrie : « Ah ! c'est beau ! »

Puis, essuyant son front d'où la sueur ruisselle,

Il poursuit, emporté par une ardeur nouvelle.

— A quoi travailles-tu ? Pourquoi si grande ardeur ?

Ce tableau doit-il donc te mettre à la hauteur ?

Après tant de combats, de misère et de haine,

Artiste ! pressens-tu que ta gloire est prochaine ?

Vas-tu faire un chef-d'œuvre ? et tes vils envieux

Devant ton œuvre et toi baisseront-ils les yeux ?

Qu'importe, n'est-ce pas ? A l'heure où tu travailles,

Tu les méprises tous ! — Si parfois tu les railles,

Tu sais le faire alors avec tant de mépris,

Qu'une ardente rougeur.monte à leurs fronts flétris !

Courage, Salvator ! La gloire est belle chose !

Elle vaut de veiller quand la ville repose.

Tout à coup, il s'arrête, il jette ses pinceaux ;

Puis, ouvrant chaque porte, il laisse entrer à flots,

De son soleil natal la lumière éclatante.

La toile resplendit... on la dirait vivante.

Vierge encore pour tous, dans un nuage d'or,

Elle palpite enfin aux yeux de Salvator !

On voyait, au milieu d'un âpre paysage,

Un chêne gigantesque, au tronc noueux, sauvage,

Dont les bras vigoureux, tordus et desséchés,

Couvraient d'une ombre rare au loin de noirs rochers.

Une herbe jaune, sèche et qui semblait brûlée,

Garnissait à regret la terre désolée.

L'épouvante et la mort semblaient planer dans l'air,

Et dans le ciel, l'éclair succédait à l'éclair.

Les nuages pesants avaient ouvert leur source,

Et l'ouragan farouche emportait dans sa course

Les arbres, les rochers qui voulaient résister. —

Seul, le chêne puissant essayait de lutter.

La tempête parfois courbait sa forte cime ;

Mais il se redressait par un élan sublime.

Ses branches, qui craquaient et volaient en morceaux,

Semblaient, en se brisant, pousser de vrais sanglots.

Comme un front foudroyé qui brave l'anathème,

Il paraissait se tordre et vomir un blasphème

Contre ce vent si fort qui le courbait en vain.

Parfois il gémissait ainsi qu'un être humain ;

Mais il ne cédait pas. — Sa puissante ramure

Semblait braver le fer et même la nature.

Salvator admirait. — Fier et silencieux,

Il dévorait sa toile et de l'âme et des yeux.

Il s'oubliait lui-même... et disait au vieux chêne,

Dont pourtant la ruine eût dû sembler prochaine :

« Bien, résiste toujours, laisse rugir les vents,

« Ils passeront... mais toi, tu braveras les temps ! »

Soudain, avec orgueil il redressa la tête

Et s'écria :

   « Ce chêne en butte à la tempête,

« C'est moi !... Fort comme lui, je relève mon front

« Qu'ils voudraient terrasser sous la haine et l'affront.

« Fort comme lui, je sais laisser gronder l'orage ;

« Et quelque fort qu'il soit, je garde mon courage !

« Comme lui, je me tords, je rugis, je gémis...

« Mais je ne plirai pas devant mes ennemis.

« Je laisse à l'avenir le soin de ma vengeance. »

— Le temps n'a point trahi sa sublime espérance.

MORT DE MONSEIGNEUR SIBOUR,

ARCHEVÊQUE DE PARIS.

A MONSEIGNEUR DUPANLOUP, ÉVÊQUE D'ORLÉANS,
MEMBRE DE L'ACADÉMIE FRANÇAISE.

> « Major autem horum est caritas. »
> St Paul. 1 Cor. cap. XIII, v. 13.
> (*Devise de Monseigneur Sibour.*)

Saint-Etienne du Mont est en fête : — la foule

Qui, comme un long serpent, s'agite et se déroule,

Chante en rentrant au temple un cantique sacré.

L'archevêque Sibour, son prélat vénéré,

S'avance... et bénissant la foule qui s'incline,
Appelle sur Paris la clémence divine. —

Il entre dans la nef.

                        Regardez : — Voyez-vous
Cette femme qui pleure et cet homme à genoux ?
—L'homme semble prier; mais ses regards de flamme
Attestent que la paix n'habite point son âme.
Un sentiment affreux, qui n'est pas le remords,
Plisse son front livide et fait frémir son corps.
Une main dans son sein, le blasphème à la bouche,
Il regarde la croix avec un air farouche.
— Que fait-il? lui, prier! non, non, c'est un damné
Qui, pour braver le ciel, ici s'est prosterné ! —

Quant à la femme, hélas ! elle pleure, elle prie.
Dans un long désespoir sa santé s'est flétrie...
Elle tient dans ses bras son fils, son premier-né,

Sur le sein de sa mère à mourir condamné !
Elle pleure... et parfois, son âme tout entière
S'exhale vers le ciel en ardente prière. —

L'archevêque s'approche : il arrête ses yeux
Sur la mère et l'enfant... puis, regardant les cieux,
Il semble s'écrier : « Pitié pour cette mère ! »

« Espérez, lui dit-il, le ciel veut qu'on espère ! »

Et pour bénir l'enfant, il élève la main. —
Mais l'homme agenouillé se redresse soudain.
Un rayon de l'enfer dans ses yeux étincelle ;
Et, frappant d'un poignard le prélat qui chancelle,
D'un horrible blasphème il remplit le saint lieu ! —
Puis, bravant jusqu'au bout et les hommes et Dieu,
Montrant avec orgueil son arme ensanglantée,
Il semble défier la foule épouvantée. —

La victime en tombant disait : « Grâce pour lui ! »
Et pour lui dans le ciel elle prie aujourd'hui.

Paris, triste cité !... ta lamentable histoire
Compte autant de forfaits que de pages de gloire.
Tu vis des forcenés, violant toutes lois,
Du fond de leurs tombeaux chasser encor des rois.
Tu vis surtout, tu vis des assassins célèbres
Aiguiser lâchement le fer dans les ténèbres,
Et frapper leur victime avec un rire affreux :
Mais là, tu vois un monstre encore plus hideux !

Celui-là, c'est un prêtre ! — il a souillé l'Église.
Il vient d'assassiner celui dont la devise
Disait : « Rien ici-bas ne vaut la charité ! »
Mais il fait triompher la sainte vérité.
Car le pontife est mort aux pieds du divin Maître,

Fidèle à sa devise et pardonnant au traître !

Oui, ses derniers regards, toujours calmes et doux,

Sur le prêtre assassin se tournaient sans courroux ;

Et, dans le dernier cri qu'exhala sa grande âme,

Sa charité savait plaindre encore l'infâme ! —

Désormais, sur la dalle où son sang a coulé,

Viendra s'agenouiller son peuple désolé. —

Non, ce n'est pas en vain que l'innocent succombe !

Sa vertu lui survit et fait parler sa tombe.

— En redisant comment il fut assassiné,

Qui pourrait oublier comme il a pardonné ?

A M. HYACINTHE DE CHISEUIL,

MAIRE DE LA VILLE DE PARADY-LE-MONIAL.

Dix ans s'étaient passés :—j'avais couru le monde,
Sans m'être reposé dans cette paix profonde
Que l'on cherche sans cesse et qu'on ne trouve pas.
Vers mon pays natal je dirigeai mes pas. —
Le lieu qui nous vit naître a toujours sur notre âme
Un charme tout-puissant qui l'apaise ou l'enflamme.

4

Je le savais ; — aussi ce fut avec respect,

Que je me découvris de loin à son aspect.—

Non, jamais pèlerin foulant la Terre-Sainte,

Et des pas de son Dieu cherchant encor l'empreinte,

Ne ressentit en lui sentiment plus sacré !

Le calme descendait dans mon cœur ulcéré...

Et du pays natal les tièdes haleines

Rafraîchissaient le sang enflammé de mes veines.

J'entrai dans cette ville, où jadis, fol enfant,

Guidant de mes amis le groupe triomphant,

Je vivais sans regrets ni soucis. — La jeunesse,

Comme un vin généreux, a souvent son ivresse.

Parfois, c'est un torrent qu'on ne peut arrêter,

Quand dans un cœur vaillant elle aime à fermenter.

— Mais le calme succède à l'orage... la fièvre

Cesse un jour d'enflammer notre âme, et notre lèvre,

En perdant son sourire, atteste qu'en secret

Nous sommes dévorés d'un immense regret. —

Tel je fus, tel j'étais. — La lutte de la vie,

Hélas ! fait avorter la plus sublime envie.

On entre vaillamment en guerre avec le sort :

Mais on ressent bientôt que c'est lui le plus fort ! —

J'entrai donc dans ma ville.—Au fond de sa vallée

Je la revis, toujours calme, à demi voilée

Par ses platanes verts. En foulant son pavé,

J'oubliai mon absence et crus avoir rêvé.

Cependant, tout en elle avait changé de face ;

Et de son bienfaiteur je retrouvais la trace.

Partout, je reconnus ces embellissements

Qui parfois, valent mieux que de vains monuments.

Partout, je reconnus qu'une main généreuse

Avait encor voulu la rendre plus heureuse,

En la faisant plus belle ! — Aussitôt de mes yeux

Je sentis s'échapper des pleurs silencieux :

Pleurs d'admiration et de reconnaissance,

Que m'arrache toujours la douce bienfaisance !

O ma ville ! tu dois l'aimer et le bénir...
Sache donc lui garder un pieux souvenir.
Redis à tes enfants cette touchante histoire,
Pour que l'homme de bien leur laisse une mémoire.
Ou plutôt, il vaut mieux laisser les actions
Parler, et conquérir les admirations !
Le bien ne peut mourir. Le temps et le silence
Ne peuvent étouffer sa sublime éloquence ! —

Pour moi, quand, fatigué de vivre et de souffrir,
Je chercherai des yeux un endroit pour mourir ;
Que ne puis-je, en ton sein, finir au moins ma vie !
Puisse Dieu m'accorder ce bonheur que j'envie ! —

LE NOBLE TOMBÉ.

A MADAME MÉLANIE WALDOR.

Parfois, sur les degrés de Saint-Pierre de Rome,
On voit debout, masqué, tête nue, un homme,
Dont la noble attitude impose le respect.
Le plus indifférent tressaille à son aspect.

4.

Comme le masque épais qui cache sa figure,

Une robe à longs plis, qui flotte sans ceinture,

Dissimule sa taille aux regards indiscrets.

Son nom et ses malheurs doivent rester secrets.

Tout Rome les ignore, excepté le Saint-Père.

D'ailleurs, nul n'oserait pénétrer ce mystère :

Car on sait que cet homme est déchu de son rang,

Et qu'avec un peu d'or il redeviendra grand. —

Tous lui font, en passant, une pieuse aumône...

Et, lorsqu'un étranger qui passe, s'en étonne,

Un mendiant parfois, répond en rougissant :

« C'est un noble tombé ! »

Méditez à présent!

Ah ! la leçon est forte et l'exemple est sublime!

Oui, pour ce peuple-là je me sens pris d'estime.

Ne lui reste-t-il pas un sentiment au cœur?

S'il a perdu sa gloire et sa mâle vigueur,

Des antiques vertus il garde une étincelle :

Car il porte secours au faible qui chancelle,

Et celui qui fut grand l'est encore à ses yeux !

Honneur et gloire à lui ! — C'est un culte pieux,

Que celui que l'on voue aux nobles infortunes.

Parmi nous, plus qu'ailleurs, ces chutes sont communes!

Mais nos hommes tombés s'estimeraient heureux,

Si nous n'étions alors, que sans pitié pour eux !

Et quand jusqu'à la lie ils vident le calice,

Nous n'osions pas encor rire de leur supplice !

Vous n'oseriez en rire? ô vous, dont la pitié

Prodigue aux cœurs souffrants une sainte amitié;

Et dont la charité puissante, infatigable,

Sait relever tous ceux que le malheur accable ! —

Le monde par la gloire a su vous couronner :

Mais il existe un prix que Dieu seul peut donner ! —

UNE SCÈNE A L'ABBAYE DE CLUNY.

A M. L. GOIN DU LAC.

Un jeune homme à l'œil sombre, au visage intrépide,
Dans une âpre forêt marchait d'un pas rapide.
La terreur se peignait dans ses yeux effrayés.
Il allait au hasard, loin des chemins frayés,
Cherchant, de temps en temps, à saisir dans l'espace
Le bruit de vingt archers qui poursuivaient sa trace.
Mais il n'entendait rien, rien, excepté ces voix
Qui gémissent le soir dans le fond des grands bois.

Il essuyait son front aussi froid que le marbre,
Et, sans même s'asseoir, s'appuyait contre un arbre,
Haletant et brisé. — Quel était son dessein ?
Était-ce un sacrilége ou bien un assassin ? —

Le soleil se couchait, et la forêt plus sombre
Commençait à s'emplir de murmures et d'ombre.
Le sentier devenait difficile, et souvent
Le fugitif n'osait s'engager plus avant. —
Soudain il entendit résonner une cloche.
On l'eût vu tressaillir. — « Rien, l'abbaye est proche !
Murmura-t-il : courage... et je saurai ce soir
S'il me reste ici-bas une lueur d'espoir. »
Il dit : et sans souci des halliers, des épines,
Franchissant d'un seul bond les profondes ravines,
Il s'élance bientôt dans la plaine. — On voyait
Un superbe tableau... Le soleil flamboyait
Dans un fleuve de pourpre avant de disparaître. —
Le jeune homme admirait, il balançait peut-être.

C'est qu'en face de lui, surmonté d'une croix,

Un couvent s'élevait au-dessus des grands bois.

C'était Cluny. — Ses yeux abaissés vers la terre

N'osaient envisager le pieux monastère.

— Venait-il y chercher un pardon ? Venait-il,

Pour expier un crime, y vivre dans l'exil ? —

Il hésita longtemps : mais soit que dans l'espace

Il entendît les cris des archers sur sa trace,

Soit qu'il eût résolu d'accomplir le dessein

Qu'un profond repentir avait mis dans son sein,

Le remords triompha dans son âme ébranlée,

Et relevant la tête, il franchit la vallée. —

Quelques instants après, il tombait aux genoux

De l'abbé de Cluny. —

         « Parlez, que voulez-vous ? »

Disait Hugue ; et les yeux fixés sur le coupable,

Il lui tendait d'avance une main charitable.

« Je suis le comte Arthur, — murmura-t-il tout bas.

— Qu'importe votre nom ! —

     —Vous ne connaissez pas

« Mon crime !

    — Le rěmords est digne de clémence.

« Parfois le repentir égale l'innocence.

— Eh bien ! vous saurez tout, repartit l'étranger.

« A vous seul appartient le droit de me juger !

« Mais permettez qu'avant de nommer la victime,

« Mon père ! je vous fasse entier aveu du crime. —

« J'aimais, j'étais heureux... quand un jour, jour fatal !

« Dans mon meilleur ami je connus un rival.

« Je n'en pouvais douter : pourtant, j'eus le courage

« De refouler en moi ma douleur ou ma rage.

« J'espérais, qu'en son cœur notre ancienne amitié,

« Éveillerait au moins un reste de pitié...

« Et qu'il n'oserait pas me ravir une femme

« Qui m'avait tant juré de me garder son âme ! —

« J'aurais dû la maudire ou bien la mépriser.

« Mais l'amour est un nœud qu'on ne saurait briser !

« C'est quand il est trahi, que sa fière puissance

« Se réveille et s'accroît devant la résistance. —

« Vous l'ignorez, mon père ! et votre cœur glacé

« N'a jamais ressenti ce tourment insensé ? »

Le prêtre eut un sourire ; et, comme un trait rapide,

Une flamme passa dans son regard limpide.

« Il me reste une joie égale à mes remords :

« Celle d'avoir tenté d'incroyables efforts

« Pour étouffer ma flamme ou me dompter moi-même !

« Le ciel me refusa ce triomphe suprême...

« Je ne pus arracher cet amour de mon sein.

« Peut-être voulait-il que je fusse assassin ! — »

Le prêtre fit un geste.

      « Ah ! pardonnez, mon père ! —

« Si je n'accuse pas le ciel de ma misère ;

« A qui donc imputer cet aveugle pouvoir

« Qui dans son lâche orgueil nous pousse au désespoir?»

« —Confessez votre crime : et quand tout vous accuse,

« Dans votre passion ne cherchez pas d'excuse ! — »

« — Soit ! j'achèverai donc ; mais ne vous dirai pas

« Tout ce que j'ai souffert dans ces rudes combats.

« Le temps presse, et d'ailleurs, vous ne pourriez com-

« Des détails qu'il serait inutile d'entendre. [prendre

« Sachez que cette femme osa se faire un jeu

« Des serments les plus saints prononcés devant Dieu,

« Et que de mon rival elle devint l'épouse ! —

« Ce fut le dernier coup. — Ma colère jalouse

« Ne connut plus de borne... et pour les immoler

« Dans leur lit, je m'armai d'un poignard, sans trembler.

« Que dis-je ! en attendant que l'heure fût venue,

« Mon père, j'éprouvais une angoisse inconnue.

« Ce n'était pas la honte, encor moins la terreur,

« Qui me faisaient souffrir ; non, mais une fureur

« Implacable, une soif de vengeance, l'envie

« De les voir à mes pieds palpitants et sans vie ! —»

Hugue se redressa. — Pâle et les yeux hagards,
L'assassin n'osait plus soutenir ses regards.

« — Dieu daigne pardonner à la faiblesse humaine :
« Mais il est sans pitié pour l'orgueil et la haine ! — »
« — Pardon, s'écria-t-il, pardon !

                        — Confessez-vous...
« Songez que devant Dieu vous êtes à genoux ! — »
« —Ma haine est assouvie, elle est morte ! à cette heure,
« Je ne hais que mon crime, et c'est lui que je pleure. »

Les larmes l'étouffaient ; et d'échos en échos,
Les vastes corridors répétaient ses sanglots.

—Ils sont morts ? dit le prêtre, après un long silence.
Le coupable hésitait : il se fit violence,
Et dit d'une voix sourde :

                        —Ils sont morts tous les deux !
« Mais j'ai commis un crime encore plus hideux...

« Écoutez et jugez : — Mon œuvre était finie...

« Et je me repaissais de leur lente agonie.

« Mon poignard d'une main et dans l'autre un flambeau,

« Je semblais leur crier : — Descendez au tombeau !

« Aimez-vous maintenant que rien ne vous sépare...

« Et j'éclatais alors en un rire barbare. —

« Tout à coup, un vieillard, je crois encor le voir,

« Poussa derrière moi des cris de désespoir...

« Puis, sa main s'abaissa lourdement sur ma tête.

« J'essayai de m'enfuir; il cria : « Qu'on l'arrête ! »

« Et sa main me serrait à la gorge... et ses yeux

« Enflammés me jetaient des regards furieux !

« Après de vains efforts pour fuir sa dure étreinte,

« Je montrai mon poignard; il n'eut aucune crainte.

« On entendait des pas, j'eus peur, je le frappai...

« Il roula dans son sang et moi... je m'échappai ! »

Le prêtre frémissait. — Il était aussi pâle

Que l'assassin lui-même à genoux sur la dalle.

Ce dernier se leva.

« — Pour avoir mon pardon,

« Murmura-t-il, il faut que je dise le nom

« Du vieillard…

      — Et pourquoi?

          — Je vous demande asile.

« —Nous accueillons toujours ceux que le monde exile !

« — On me poursuit !

      — Qu'importe ! au pied de nos autels,

« Vous êtes à l'abri des plus puissants mortels. »

« — Mais si j'avais frappé quelqu'un de votre race ?

« — Qu'entends-je ! —

      — Le vieillard, c'est le comte Dalmace !

« Votre frère, son fils… c'était lui, mon rival…

« Ne maudirez-vous point qui vous fut si fatal ? — »

Le prêtre chancela… sans haine ni colère,

Il murmurait tout bas : « O mon père, ô mon frère ! »

Son âme était brisée. — On l'entendit longtemps

Exhaler sa douleur en longs gémissements.

La nuit était venue. Une puissante escorte
Exigeait que l'abbé lui fît ouvrir la porte,
Ou que le meurtrier fût mis à sa merci. —
Hugue s'avança seul.

        — Le coupable est ici...
« Dit-il avec douceur : Dieu l'a pris sous son aile ;
« Car la grâce a touché cette âme criminelle. — »

Tous baissèrent la tête, et les larmes aux yeux,
Tombèrent aux genoux du saint religieux. —

UN PORTRAIT.

A M. EUGÈNE LOUDUN.

Ami, je vis chez-vous un buste ; et bien souvent,
Je l'ai revu depuis quand j'errais en rêvant.
J'oubliais de nos monts la sauvage nature,
Pour admirer encor cette haute figure ;
Car je la revoyais dans toute sa fierté...

Et je me demandais d'où venait sa beauté ! —

Le front large et puissant, plus grave que sévère,

S'éclaire du reflet d'une pensée austère ;

Et les traits vigoureux attestent que le cœur

Des plus mâles vertus porte en lui la vigueur.

Le courage et la foi, ces deux forces de l'âme,

Semblent illuminer d'une céleste flamme

Ce front préoccupé de quelque grand dessein.

La fière volonté fermente dans ce sein !

Et je suis convaincu que cet homme, en sa route,

N'a jamais chancelé sous la haine ou le doute...

L'œil fixé vers son but, soutenu par sa foi,

De toutes les vertus se faisant une loi,

Dans la lutte, il a dû montrer cette assurance

Que peut seule inspirer une haute espérance.

Quel est-il ? je ne sais : — mais ce n'est pas en vain

Qu'en ses doigts il tiendrait une plume ! — Écrivain,

Philosophe, tribun, de quel nom qu'on le nomme,
Il ferait admirer un caractère d'homme !...

Il est bon... la bonté, c'est la grâce du fort...
D'ailleurs, celui qui cherche à triompher du sort,
Pardonne, en souriant, à la haine, à l'envie ;
Il est calme : d'en haut il contemple la vie,
Et se sait au-dessus de toute inimitié :
Son plus rude ennemi n'aurait que sa pitié !

Tel est mon jugement, et je crois qu'il est juste,
Mais, pour vous en convaincre, étudiez ce buste ;
Et dites-moi pourquoi, rien qu'à son seul aspect,
Nous nous sentons saisis d'estime et de respect ?

UNE SCÈNE D'UN LIVRE.

A M. GABRIEL LE FÉBURE.

I

J'aime à voir un grand peintre évoquer d'un vieux livre

Des faits ou des héros qu'il sait faire revivre.

Le rêve du poëte arraché de l'oubli

Aux fronts indifférents laissera plus d'un pli;

Car l'artiste, s'il tient une palette ardente,

Peut tracer à son tour une page éloquente!

Il peut, si du talent il a l'autorité,

Laisser à son esprit entière liberté...

Et jeter dans son œuvre un tel souffle de vie,

Que, vaincu, le poëte admire sans envie !

II

Qui n'a lu ce roman, où Prévost a tracé

La lutte et les tourments d'un amour insensé ?

Qui ne retrouverait au fond de sa mémoire

Le triste souvenir de cette triste histoire ?

Ce roman douloureux, récit désespéré,

Tous, nous le connaissons, et tous avons pleuré !

Eh bien ! je n'ai compris le désespoir suprême

De Desgrieux perdant cette Manon qu'il aime ,

Que devant une toile où vous verrez un jour

Le sombre dénoûment de ce fatal amour !

La toile est large, haute ; et sur la plaine immense
On voit peser au loin un effrayant silence.
Du sable, puis du sable... on voit, à l'occident,
Le soleil qui décline : il est rougeâtre, ardent ;
Et, rien qu'à son aspect, la terreur prend les âmes.
Les sables embrasés semblent jeter des flammes ;
On dirait que le deuil et la mort sont dans l'air...
Une femme, en effet, expire en ce désert ! —
C'est Manon ; elle est morte... Agenouillé près d'elle,
Comme pour l'embrasser d'une étreinte éternelle,
Desgrieux, dans ses bras, la serre avec transport ;
Son morne désespoir la dispute à la mort.
Il paraît immobile. — A peine si sa bouche
Tranche, de temps en temps, un silence farouche.
Ses yeux, secs et brûlants, ne versent point de pleurs.
Les larmes ne sont rien dans de telles douleurs !
On comprend que mourir aux pieds de cette femme,
Doit être maintenant le seul vœu de son âme ! —

III

Ce n'est là qu'une scène, il est vrai : — c'est assez
Pour éveiller en nous un monde de pensers.
Le roman nous émeut, mais la toile épouvante,
L'angoisse saisira votre âme haletante...
Et, quand vous aurez vu ce groupe désolé,
Vous avoûrez qu'un drame en un livre est voilé ;
Qu'il lui faut le théâtre ou la toile pour vivre,
Et qu'un peintre parfois peut rajeunir un livre.

M. LE COMTE DE FÉRAUDY.

Dans les longs jours d'hiver, quand la bise glacée
Semble arrêter en nous l'essor de la pensée,
Quand du matin au soir, cloué dans un fauteuil,
Vous sentez que l'ennui saisit votre âme en deuil;
Que faites-vous, vieillard, qui vivez solitaire ?
— Hormis le souvenir, qui pourrait vous distraire ?

Vous songez, vous pensez ! — La méditation
Sait réveiller en vous l'imagination :
Et, prodige inouï, vous sentez, en votre âme,
La jeunesse revivre avec toute sa flamme !
Votre regard s'éclaire, et votre front penché
Se redresse... On dirait qu'un éclair l'a touché ;
Et qu'en faisant ainsi rayonner la vieillesse,
Dieu prétend qu'elle soit sainte pour la jeunesse.
Elle est sainte pour moi ! — Dans quel recueillement,
J'ai toujours écouté son moindre enseignement.
Jeune encor, je savais que son expérience
Lui donnait la sagesse et surtout la science...
Science de la vie et des hommes ! qu'un jour,
Nous devons, mais trop tard, connaître à notre tour.

Quand j'étais près de vous, je gardais le silence,
Mais je savais, alors, me faire violence :
Car j'aurais désiré vous entendre parfois
Raconter quelques-uns de vos nombreux exploits.

— Peut-être le passé vous semble-t-il un rêve ?

N'importe, aux yeux de tous la gloire nous élève !

Il convient qu'un vieillard cloué dans un fauteuil,

Ait cette majesté qui vient d'un juste orgueil ;

Et que les jeunes gens, au récit de sa vie,

Sentent naître en leurs cœurs une superbe envie !

Vous avez préféré vous taire : c'est fort bien.

Mais de votre passé d'autres n'ignorent rien.

Ils disent qu'à vingt ans, vous teniez une épée ;

Que votre âme, vaillante et rudement trempée,

N'a jamais démenti sa première vigueur.

Vous aviez, disent-ils, l'héroïsme du cœur ;

Car votre but ne fut jamais la renommée !

— Tant que Napoléon eut une seule armée,

Vous avez su tenir votre glaive ; et, partout,

Dans votre dévoûment on vous trouva debout.

De la guerre du Rhin à la guerre d'Espagne,

Soldat, vous avez fait une seule campagne ;

Et seul, vous connaissez les sublimes exploits

Que vous avez, dans l'ombre, accomplis tant de fois !

Votre lèvre est scellée : et nul ne doit connaître
Ces hauts faits oubliés ou dédaignés peut-être !
Vous direz, qu'en ce temps, chacun a combattu
Avec le même élan ou la même vertu ?
C'est vrai : mais votre vie appartient à l'histoire,
Et vous ne deviez pas lui ravir votre gloire !

Gardez donc le silence. Emportez avec vous
L'histoire d'une vie inconnue à nous tous !
Mais un dédain si fier vaut une haute estime.
Ce fut toujours le sceau d'une vertu sublime.
— Il faut être, en effet, bien modeste et bien grand,
Pour que l'ambition nous trouve indifférent !
Surtout, pour estimer si peu la gloire humaine.
— D'un grand cœur ce dédain est la marque certaine.

SAINT JÉROME DANS LE DÉSERT.

A M. L'ABBÉ FARGE.

I

Dans un de ces déserts, affreuse Thébaïde,
Où se réfugiait le chrétien intrépide ;
Dans un antre sauvage, au pied d'un noir rocher,
Dont nul être vivant n'eût osé s'approcher ;
Un homme jeune encor, mais d'un aspect étrange,
A peine enveloppé de lambeaux noirs de fange,

Et tenant dans ses mains un crâne dépouillé,

Devant un crucifix, priait agenouillé. —

Il priait ardemment. — Dans cette grotte obscure,

Malgré l'ombre, on voyait resplendir sa figure.

Soit élan vers son Dieu, soit terreur ou remords,

De longs frémissements faisaient trembler son corps.

Son front jaune et ridé se glaçait sous l'empreinte

D'une ardente ferveur ou d'une horrible crainte.

—Il priait... et pourtant, ses yeux, fixés au sol,

De sa prière au ciel ne suivaient pas le vol !

Par moments, on voyait le pauvre solitaire

Chanceler, puis tomber la face contre terre...

Il priait, il pleurait... et d'échos en échos,

Se perdait lentement le bruit de ses sanglots.

II

Qui suppliait-il donc ? et de quelle puissance

Espérait-il ainsi désarmer la vengeance? —

Le Christ?... mais sur la croix il expira pour tous...

Et par le repentir nos crimes sont absous ! —

L'enfer?... mais il pouvait le vaincre avec ses armes !

Le remords, le désert, la prière et les larmes... —

Non, non ; il ne craignait ni son Dieu ni l'enfer !

L'intrépide chrétien qui s'enfonce au désert,

Sait fléchir l'un, dompter l'autre !... car dans son âme

De toute passion il étouffe la flamme...

Et, puissant dans sa foi, confiant dans son Dieu,

Il sait dire à ce monde un immuable adieu !...

Que redoutait-il donc? on n'aurait pu le dire.

Chose étrange! parfois, on le voyait sourire.

Alors, il se baissait... et, dans un saint transport,

Collait sa lèvre ardente à la tête du mort ! —

Lui portait-il envie? et songeait-il à l'heure,

Où pour le ciel enfin il fuirait sa demeure ? —

Sans doute, c'était là le comble de ses vœux ! —

Mais son front paraissait jeune sous ses cheveux

Blanchis par la douleur et non par les années.

Ses tempes n'étaient pas encore décharnées ;

Il paraissait robuste : et la mort, à pas lents,

Dans ce temps, s'approchait des saints à cheveux blancs ;

Le ciel les laissait vivre, et les donnait au monde

En exemples de foi, d'abstinence profonde.

Ils mouraient tous, brisés par l'âge et les combats ;

Ils luttaient, ils priaient... mais ne succombaient pas !

I

Saint Jérôme pourtant, dans cette solitude,

Supportait avec peine une lutte bien rude. —

Soit qu'il eût mal dompté ses grandes passions,

Ou que la voix des sens et des tentations

Eût encore parfois aiguillonné son âme ; —

Soit que peut-être, hélas ! un souvenir de femme

Se fût enraciné fortement dans son cœur :

Par moments, il sentait une ardente vigueur

Troubler, puis embraser et son âme et sa tête.

Toutes ses passions, comme une âpre tempête,

S'éveillaient, rugissaient et tourmentaient sa chair !

Plus puissant que l'orage et plus prompt que l'éclair,

Ce cri de tous ses sens évoquait à sa vue

Des tableaux qui parlaient à sa chair mal vaincue ! —

C'est dans ces instants-là, qu'ébloui, fasciné,

Il pressait dans ces bras ce crâne décharné...

L'embrassait follement ! lui demandant peut-être

De comprimer ses sens dont il n'était plus maître. —

Vains efforts ! les tableaux évoqués à ses yeux,

Sous l'ombre des rochers n'étincelaient que mieux !

Tous ils étaient puissants, et tous, à sa pensée,

Rappelaient d'un plaisir la volupté passée !

Il oubliait le crâne, il délaissait le Christ...

Et se sentait vaincu par la chair et l'esprit ! —

IV

Il fallait voir alors ce transfuge de Rome
Lutter, puis triompher des appétits de l'homme ! —
Il fuyait sa caverne où la tentation
Finissait par dompter l'imagination.
A travers les rochers courant d'un pas rapide,
Il errait jour et nuit, pâle, effrayant, livide !
La sueur l'inondait, ses yeux brillaient ardents,
L'épouvante et l'horreur faisaient claquer ses dents.
Il s'enfuyait, saisi d'une angoisse inconnue,
Jusqu'à ce qu'il tomba nu sur la terre nue ! —

Lorsqu'il se réveillait de cet affreux sommeil,
Parfois aussi fatal pour lui que le réveil ;
Il essuyait son front pâle et souillé de fange.

Dans ses yeux creux brillait une lueur étrange.

Il tombait à genoux... et suppliait le ciel

De le prendre en pitié, lui, fragile mortel !...

Puis, superbe, semblable au fier lion qui rentre

Vainqueur dans son repaire, il rentrait dans son antre.

Il y mourut en paix, et surtout triomphant ! —

V

Dans un tableau fameux, lorsque j'étais enfant,

O fort lutteur ! je vis ton front pâle et livide...

Et je le contemplais avec un œil avide ;

Et je me demandais, pourquoi, sublime saint !

Le désespoir au front, l'artiste t'avait peint.

Je m'en suis souvenu, lorsque je devins homme ;

Et j'ai su te comprendre, illustre saint Jérôme !

6

Aussi, pris de respect devant ta volonté.
Terrassant les instincts de notre humanité,
J'ai souri de pitié... songeant combien est vaine,
Cette autre volonté qui veut la gloire humaine. —

DANS UN SALON.

A M. C. PAQUELIN.

Hier, dans un salon, deux hommes, deux poëtes,
Insensibles aux bruits du monde et de ses fêtes,
S'entretenaient tout bas. — Un rideau les voilait :
Ils étaient seuls. Plus loin, on causait, on parlait.

L'un était un jeune homme au front pâle, à la lèvre

Crispée et frémissante. — On eût dit que la fièvre
Allumait dans ses yeux un foyer dévorant.
Son talent essayait de conquérir un rang ;
Sa dignité modeste et ses regards de flamme
Attestaient tout d'abord la force de son âme.
Seulement, on voyait, empreints sur tous ses traits,
Bien des efforts trahis et des tourments secrets.

L'autre était plus âgé. — Sur son front quelques rides,
Mais son âme était jeune; et dans ses yeux limpides
Étincelait ce feu qu'on nomme feu sacré !...
Un noble orgueil brillait sur son front inspiré.
Homme de cœur autant qu'homme de poésie,
Il était simple et grand. — Comme sa courtoisie
Lui gagnait tous les cœurs ! Et comme sa pitié
Valait dans ses effets la plus tendre amitié.
Consoler et guider le faible dans sa voie,
C'était là son orgueil et sa suprême joie.
Apôtre de son art, que n'aurait-il tenté

Pour rendre au malheureux sa force ou sa fierté !

Tous deux, dans ce salon, causaient donc à voix basse.
Le plus jeune disait :

« Tout courage se lasse,
« Et ce sont les plus forts qui ressentent soudain
« Ce courroux généreux qui se change en dédain !
« Dieu, sans doute, a borné la patience humaine.
« A quoi sert de lutter quand notre force est vaine ?
« La lutte, direz-vous, nous grandit... je le sais ;
« Mais souvent elle tue, et rien ne vaut la paix !...
« Vous n'accuserez pas mon âme de faiblesse.
« L'expérience seule a flétri ma jeunesse...
« J'ai trop vu, trop souffert !... C'est en vaillant soldat,
« Que je brise mon glaive et laisse le combat ;
« Car mes convictions se sont déracinées
« Au souffle de ce monde ou de mes destinées !
« Laissez-moi donc rentrer dans l'ombre et le repos.

6.

« De mes tourments passés j'emporte les échos !...

« D'ailleurs, je connais trop le néant de la gloire,

« Et mets au même rang la chute et la victoire. »

Il se tut ; mais ses yeux et son visage fier

Trahissaient, malgré lui, plus d'un regret amer.

Celui qui l'écoutait prit alors la parole :

« Certes, la gloire est vaine : et c'est une âme folle,

« Celle qui ne poursuit que cet écho trompeur ! —

« Tel qu'un brave soldat vole au trépas sans peur,

« L'artiste doit marcher sans nulle défaillance,

« S'il porte dans son cœur cette fière vaillance

« Qui fait que l'on résiste et qu'on triomphe un jour.

« J'ai lutté, j'ai vaincu ! — Peut-être, à votre tour,

« Verrez-vous couronner votre mâle courage ?

« Et, d'ailleurs, pourquoi donc renier votre ouvrage ?

« N'est-ce rien, dites-moi, que d'avoir combattu

« Pour le bien et surtout enseigné la vertu ?

« Est-ce donc sans dessein, que Dieu mit dans votre âme

« Ce sentiment du beau qui la guide et l'enflamme ?

« Que deviendra le faible, enfin ? si c'est le fort

« Qui déserte la lutte en blasphémant le sort.

« Non, soyons généreux ! car chacun nous contemple,

« Et nous devons, au moins, laisser un grand exemple.

« Restez à votre poste... et luttez jusqu'au bout,

« Sous le regard de Dieu qui tient compte de tout !

« Sachez-le : rien jamais n'égala sur la terre

« Ces larges dévoûments qui montent leur calvaire,

« Sans même du regard insulter aux bourreaux !

« Celui qui meurt ainsi meurt au moins en héros.

« Eh bien ! puisqu'ici-bas l'art a son fanatisme,

« Luttez et triomphez à force d'héroïsme ! »

Le jeune homme gardait le silence... les yeux

Attachés au parquet, il semblait soucieux.

Il écouta longtemps cette voix douce et forte.

— Qui n'oserait se rendre à celle qui l'exhorte ?

Surtout quand la pitié sait la guider au cœur. —

Après avoir parlé, le sage fut vainqueur.

Sur le front du jeune homme on vit cette assurance

Que nous donne la force unie à l'espérance...

Et, les larmes aux yeux, il jura de prouver

Qu'à ce haut dévoûment, il pouvait s'élever.

FIN.

TABLE DES MATIÈRES.

FIN DE LA TABLE.

www.ingramcontent.com/pod-product-compliance
Ingram Content Group UK Ltd.
Pitfield, Milton Keynes, MK11 3LW, UK
UKHW022316070726
13614UKWH00002B/771